Les MÉCHANTS

ÉPISODE

6

L'INVASION
TENTACULAIRE

Catalogage avant publication de Bibliothèque et Archives Canada

Blabey, Aaron
[Alien vs bad guys. Français]
L'invasion tentaculaire / Aaron Blabey ; texte français d'Isabelle Allard.

(Les méchants ; 6)
Traduction de: Alien vs bad guys.
ISBN 978-1-4431-6893-9 (couverture souple)

I. Titre. II. Titre: Alien vs bad guys. Français.

PZ26.3.B524Inv 2018   j823'.92   C2018-900367-7

Version anglaise publiée initialement en Australie en 2017, par Scholastic
Australia.

Édition publiée par les Éditions Scholastic, 604, rue King Ouest, Toronto
(Ontario) M5V 1E1 CANADA avec la permission de Scholastic Australia Pty
Limited.

5 4 3 2 1   Imprimé au Canada 139   18 19 20 21 22

Le texte a été composé avec la police de caractères Janson.

· AARON BLABEY ·

TEXTE FRANÇAIS D'ISABELLE ALLARD

Les
MÉCHANTS

ÉPISODE

6

L'INVASION
TENTACULAIRE

LE CLUB DES GENTILS SAUVE LE MONDE!

La terre entière célèbre la **DÉFAITE** du vilain **DR ROBERT MARMELADE** ce soir!

STÉPHANIE PELAGE

En effet, chaque chaton, chiot, lapin, poney et dauphin qui avait été transformé en

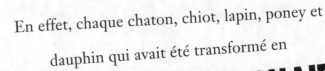

ZOMBIE MANGEUR DE CHAIR

a repris sa forme mignonne et adorable.

Et **QUI** doit-on remercier?

LE CLUB DES GENTILS!

GENTILS COMME TOUT!

Oui, leur nom est peut-être quétaine, mais je doute qu'il y ait une créature sur la planète qui n'ait pas envie de faire un câlin à ces **GARS ÉNERGIQUES ET COURAGEUX!**

L'**ADORABLE**
M. Loup!

Le **BRILLANT**
M. Serpent!

Le **PUISSANT**
M. Requin!

Et
L'**AUTRE**,
qui est une espèce de poisson.
Peut-être une sardine.

Ce sont les **GRANDES LÉGENDES DE NOTRE ÉPOQUE!**

VUE D'ARTISTE

Personnellement, j'aimerais ajouter que je les ai **TOUJOURS** trouvés merveilleux.

Vraiment...

Alors, envoyons-leur un énorme...

MERCI,

où qu'ils soient.

À ceux qui ont sauvé
le monde,

BIEN JOUÉ,
LES GARS!

C'est réconfortant de penser à vous là-bas...

où que vous soyez… en train de nous protéger… NOS BEAUX GRANDS HÉROS…

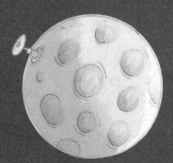

• Chapitre 1 •
CAPSULE ET TENTACULES

Je pense que je
vais pleurer...

Moi aussi...

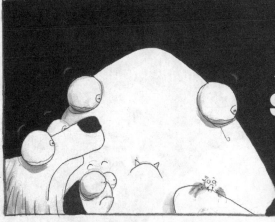

Ressaisissez-vous, voyons! **IL FAUT SORTIR D'ICI!**

Comment? **C'EST UN EXTRATERRESTRE!** Marmelade **N'EST PAS** un cochon d'Inde. C'est un extraterrestre énorme et hostile, avec **PLUS DE DENTS, DE TENTACULES ET DE FESSES** que toute autre créature…

Et on est coincés dans cette station spatiale lunaire **SANS FUSÉE.**

ALORS, COMMENT VA-T-ON PARTIR D'ICI?

Chut! Il va nous entendre. Qu'est-ce qu'on va faire? On ne peut pas se cacher ici éternellement...

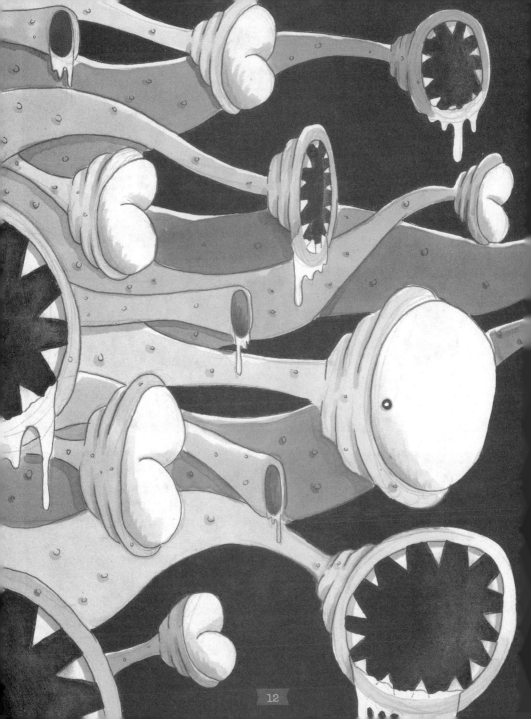

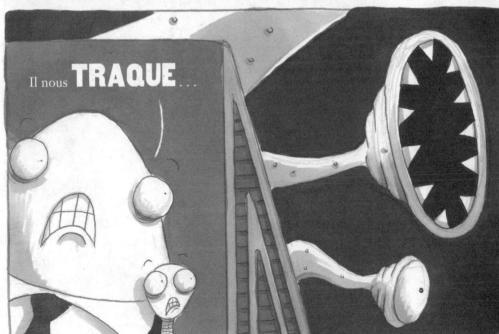

Hé! Il s'en va!
REGARDEZ CETTE MATIÈRE GLUANTE!

SPLODGE!

SPLODGE!

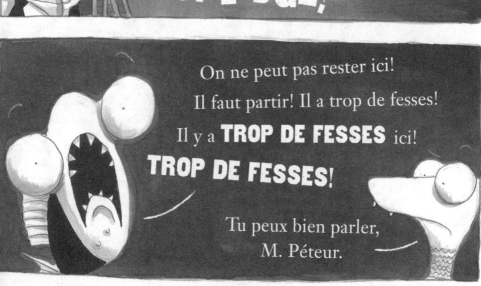

On ne peut pas rester ici!

Il faut partir! Il a trop de fesses!

Il y a **TROP DE FESSES** ici!

TROP DE FESSES!

Tu peux bien parler, M. Péteur.

Oh, c'est VRAIMENT injuste!
On a tellement progressé! Tout
le monde nous voit enfin comme
des héros! On ne peut pas
mourir ici. Il nous faut un plan...

Hé, qu'est-ce que *c'est?*

Pattes!
Où vas-tu?

FRRRRT

FRRRRT

FRRRRT

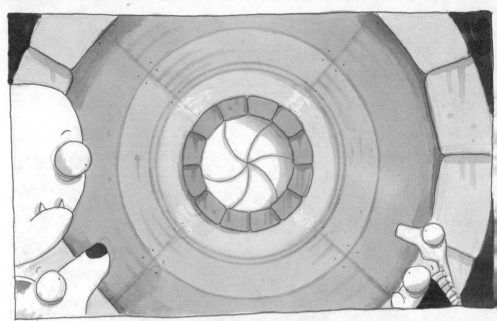

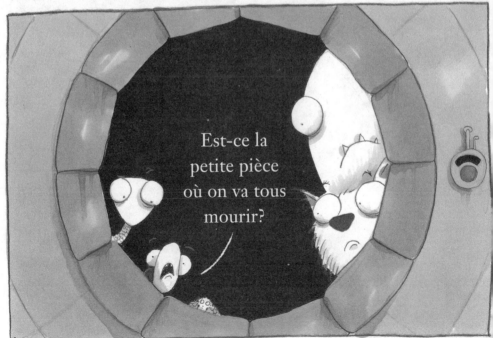

Est-ce la
petite pièce
où on va tous
mourir?

Non! C'est une

CAPSULE DE SECOURS!

VOILÀ comment on va s'échapper!

Mais c'est un
VAISSEAU EXTRATERRESTRE!
Comment sauras-tu la faire fonctionner?

Ça ne doit pas être si difficile.
Je parie qu'il y a **PLEIN DE LANGUES** là-dessus, dont certaines venant de la **TERRE!**
Il suffit d'entrer quelques
COORDONNÉES
et...

prêt à décoller

destination : Terre

Voilà, le tour
est joué!

Ça alors, tu viens juste de

PIRATER UN ORDINATEUR EXTRATERRESTRE!

Sérieusement, tu n'es pas apprécié à ta juste valeur. Applaudissons Pattes, les gars!

Bon, pourquoi ne restez-vous pas ici pour faire une

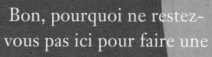

OVATION À PATTES,

et je vous reverrai sur Terre. D'accord?

Espèce de petit...

Non, il a raison!

MONTEZ À BORD!

Je vais faire quelques ajustements,
puis on décolle!

Tu as raison, M. Requin...

FOUMP!

Sérieusement, que ferions-nous sans Pattes?

Au fait, ça va,
mon copain?

Pattes? Tout va bien?

PATTES?

• Chapitre 2 •
IL N'EN RESTE PLUS QUE QUATRE...

PATTES?!

Oh, non,
ça va mal...

Où est-il?

Hé, tu
sais quoi?

La capsule de secours est

PRÊTE À PARTIR.

Si on y remontait pour déguerpir
d'ici? Hein?

Es-tu sérieux?

OUAIS!

Il y a **PLEIN** de capsules.

Pattes pourra prendre la

PROCHAINE.

Il est probablement juste allé

se chercher **UN SANDWICH.**

Je suis certain que ça ne le dérangerait

pas qu'on parte et qu'on le

retrouve…

PERSONNE NE PART AVANT D'AVOIR TROUVÉ PATTES. **COMPRIS?**

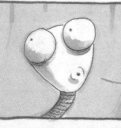

Bon, d'accord, on **POURRAIT** faire ça, mais tu ne crois pas que ce serait plus logique de…

DE QUOI PARLES-TU? PATTES EST NOTRE **AMI**! C'EST LUI QUI A DÉCOUVERT LES CAPSULES DE SECOURS ET **TU VEUX L'ABANDONNER?!**

Hé, Piranha! Baisse le ton!

NON! J'EN AI ASSEZ DE CE SALE PETIT *DIABLO!*

Je **DISAIS** juste que...
je crois que Pattes
VOUDRAIT qu'on se...

TU ES LE PLUS ÉGOÏSTE...

Piranha!

LE PLUS
CRUEL...

Je t'en supplie, *chut!*

LE PLUS
MINABLE VER
DE TERRE QUE J'AIE...

Est-ce juste moi
ou il y a une
PAIRE DE FESSES
devant mon visage?

Piranha, *attention!*

Juste ciel! Il utilise ses **FESSES COMME DES MAINS!**

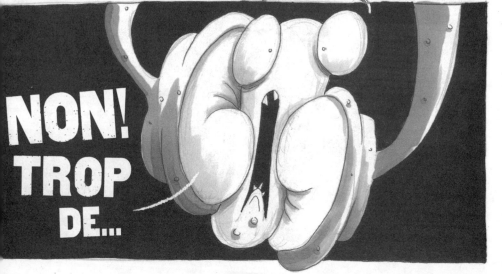

PIRANHA!

Ça y est, je m'en vais.

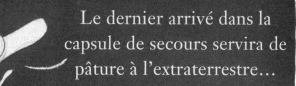

Le dernier arrivé dans la capsule de secours servira de pâture à l'extraterrestre...

N'y pense même pas. Il faut aller le chercher.

QUE DIS-TU?
Ce truc a des **MAINS-FESSES!**
Tu veux vraiment poursuivre une créature qui
a de grosses **MAINS-FESSES CROTTÉES?!**

Tais-toi et écoute!

TROOOOOOOP
DEEEEEEEEEEE

FESSSSSSSSSSSSSSSSSSSSES!!!

Il est toujours VIVANT!
On peut suivre sa voix.

Allons-y!

Et la capsule de secours?
Je pourrais rester ici et
la surveiller, au cas où…

TROOOPDEEEFESSSES!!

Par là!

• Chapitre 3 •
COSTUME COSMIQUE

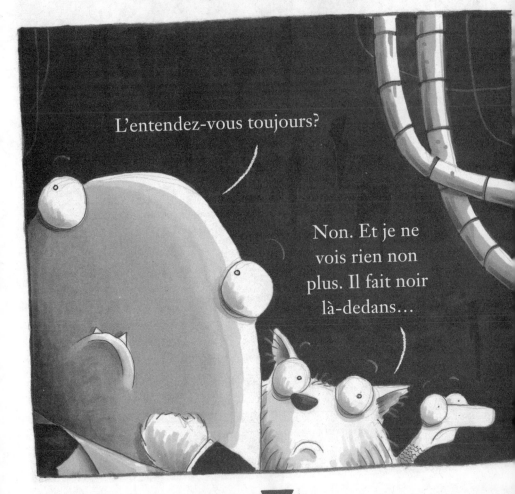

L'entendez-vous toujours?

Non. Et je ne vois rien non plus. Il fait noir là-dedans…

Ouais. Puis-je vous faire remarquer qu'on entre dans une zone encore plus sinistre que le reste de ce **VAISSEAU DÉJÀ TERRIBLEMENT SINISTRE?** Pour ma part, je vote contre.

Tu veux voter?

Bon, ceux qui veulent arrêter de chercher nos amis, levez la main.

Pas de main? D'accord.
ON CONTINUE!

Très drôle. J'espère que tu seras le prochain à te faire capturer par un extraterrestre.

Tu serais content, hein?

AAAAHHHHHH! IL M'A ATTRAPÉ!

Ah, vraiment? Tu sais utiliser **DES ARMES EXTRATERRESTRES BIZARRES?**

Non, mais on va se débrouiller.

SE DÉBROUILLER?!
C'est ça, prends donc quelques minutes pour apprendre

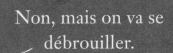

UNE LANGUE EXTRATERRESTRE

et ensuite, tu consulteras le

MODE D'EMPLOI.

Après, tu prendras le temps de NOUS ENSEIGNER leur fonctionnement. Oui. Très BONNE idée. On va s'asseoir et

ÉTUDIER ÇA ENSEMBLE!

Non! Serpent!

Ne m'interromps pas!
Tu dois entendre ce...

SERPENT!
IL EST LÀ!

AAAAHHHHH!!!

REQUIN?!

Dis donc, tu es VRAIMENT doué pour les déguisements.

Je sais.

Comment as-tu fabriqué ce costume si rapidement?

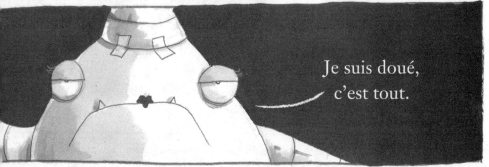

Je suis doué, c'est tout.

Pourquoi portes-tu une **ROBE?!**

Je vais faire semblant d'être une **DAME EXTRATERRESTRE.** Quand **MARMELADE L'EXTRATERRESTRE** voudra être mon ami, je lui demanderai de me montrer où il cache les créatures qu'il a capturées. Et **BINGO**, on pourra sauver nos amis!

Tes costumes ont peut-être fonctionné dans le passé, mais ce que tu viens de dire est si stupide que j'ai envie de me manger la figure.

Moi, ça me plaît.

C'EST DÉBILE!

Allons, ses costumes fonctionnent *toujours!*

Oui, mais cette fois, il fait semblant d'être une DAME EXTRATERRESTRE

SANS MÊME SAVOIR À QUOI ÇA PEUT RESSEMBLER!

Je suis prêt à prendre le risque.

Oui, Serpent.
Ça va marcher!
REGARDE!
Ce tentacule est
TELLEMENT
réaliste!
Sérieusement,
Requin, c'est...

... comment l'as-tu rendu
aussi... *réaliste?*

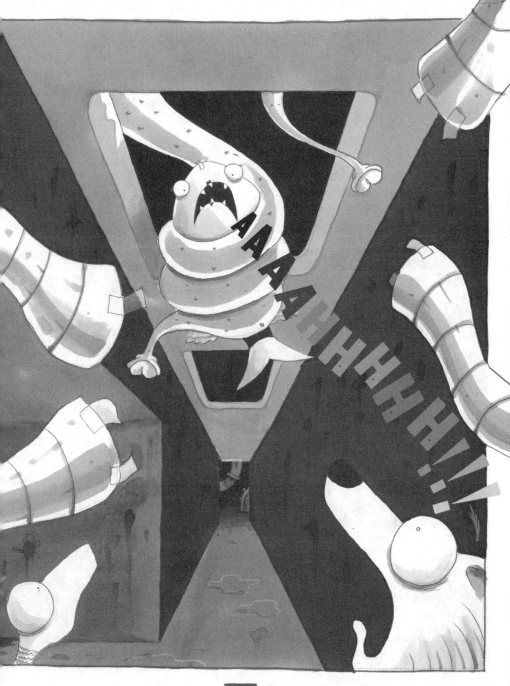

• Chapitre 4 •
TOURNER EN ROND

Il fait tellement noir.
Pourquoi fait-il aussi
noir? C'est de plus en
plus noir...
Trouvez-vous qu'il fait
VRAIMENT noir?

OUI! IL FAIT NOIR. BRAVO, TU AS TOUT COMPRIS! QUE VEUX-TU? UN BISCUIT? **ÉVIDEMMENT** QU'IL FAIT NOIR.

Arrête! Je suis **TERRIFIÉ**! Tout le monde est parti. Même Requin! Mais on ne peut pas abandonner. Si on continue de chercher, je **SAIS** qu'on va les trouver. On se **RAPPROCHE**, je le sens.

Vraiment? On se *rapproche*? Alors, comment expliques-tu **ÇA**...

Les capsules de secours?
Mais ça veut dire…

Ça veut dire qu'on
TOURNE EN ROND.

Écoute-moi, Loup…

Je l'admets, une **PARTIE DE MOI** veut vraiment *vraiment* être un héros. C'est vrai. Mais une autre partie de moi refuse catégoriquement d'être un héros. Sais-tu ce que j'ai appris en te suivant dans toutes ces missions idiotes? Dans toutes les situations ridicules où tu nous as mis? **LE SAIS-TU?**

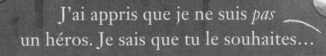

J'ai appris que je ne suis *pas* un héros. Je sais que tu le souhaites…

Mais je ne le suis pas. Vraiment pas.

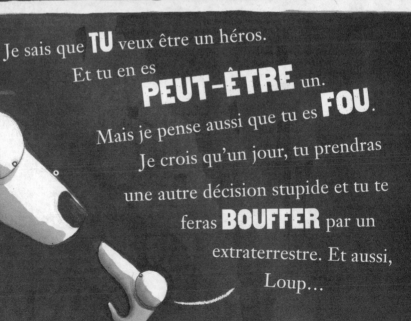

Je sais que **TU** veux être un héros. Et tu en es **PEUT-ÊTRE** un.

Mais je pense aussi que tu es **FOU**.

Je crois qu'un jour, tu prendras une autre décision stupide et tu te feras **BOUFFER** par un extraterrestre. Et aussi, Loup…

je pense que ce jour est arrivé.

Je n'ai jamais eu d'amis avant, Loup. Même si je te traite souvent d'idiot... je sais que je n'aurai jamais de meilleur ami que toi. Et je ne veux pas te perdre. Alors...

s'il te plaît, monte dans la capsule de secours avec moi.

Tu sais que je ne peux pas, M. Serpent.

Et tu sais pourquoi, aussi.

Je ne peux pas **T'OBLIGER** à faire quoi que ce soit, mon ami. La décision t'appartient.

Voilà la **CAPSULE DE SECOURS**.

Si tu veux vraiment partir, monte à bord et va-t'en. Mais j'ai la conviction que tu prendras la bonne…

QUOI?!

Je ne pensais pas
que tu le ferais!

Pourquoi? À cause de mon petit
discours? Oui, j'étais sincère
et tout ça, mais il y a un
**EXTRATERRESTRE AVEC
DES MAINS-FESSES**
ici, alors
RIEN NE VA PLUS.
Et...

Quoi?

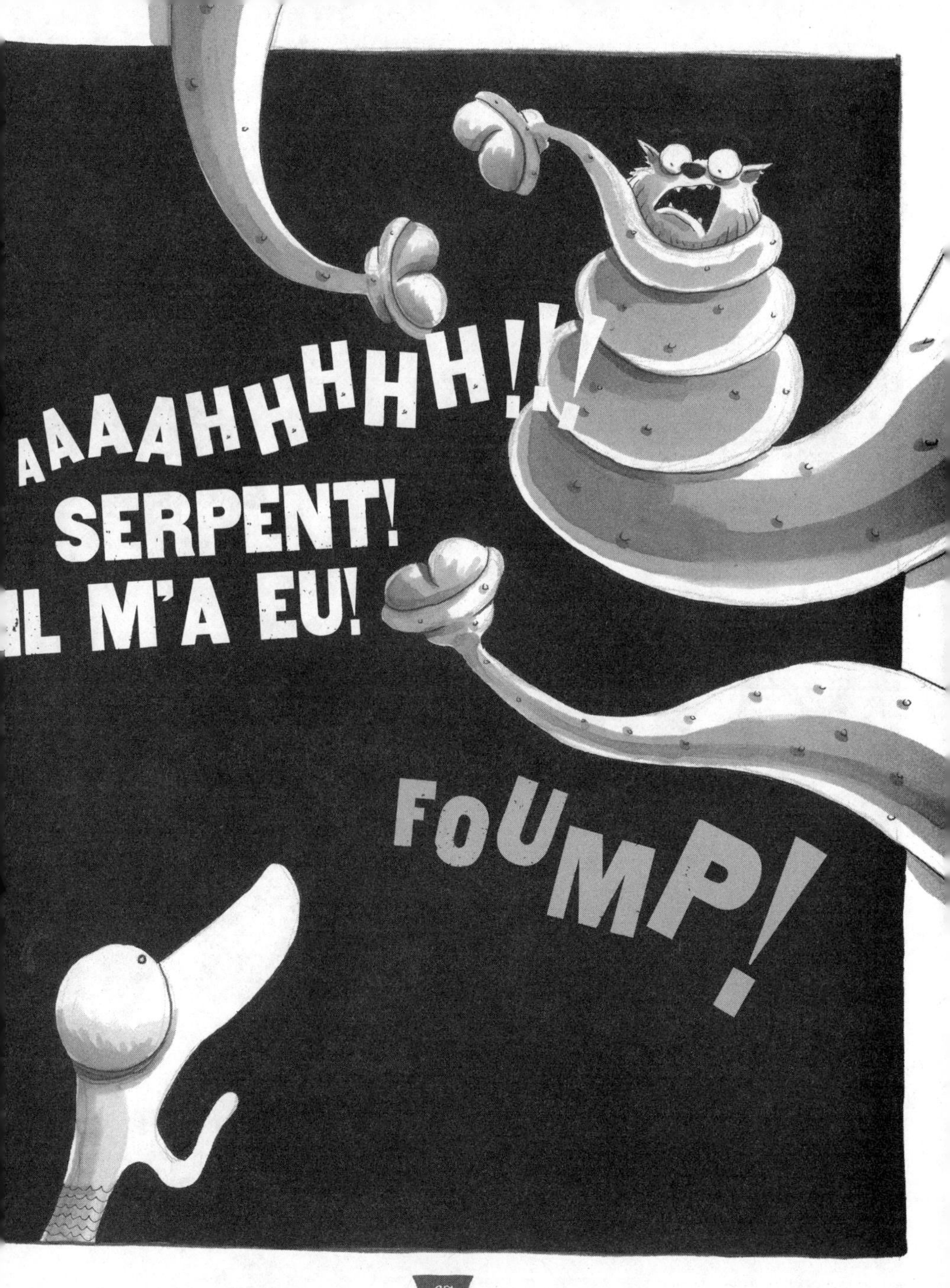
AAAAHHHHHH!!!
SERPENT!
IL M'A EU!
FOUMP!

SERPENT!

AIDE-MOI!
S'IL TE PLAÎT!

prêt à décolle

destination : Te

Hum…

• Chapitre 5 •
DANS LA MORVE

Qu'est-ce...

Je ne peux pas bouger!

C'est **QUOI**, cette matière?

Je ne suis pas certain, mais je pense que c'est de la **MORVE SÉCHÉE D'EXTRATERRESTRE**, *hermano*.

Piranha!

Oui, c'est de la **MORVE SÉCHÉE**.

C'est sorti des narines de l'extraterrestre.

Requin!

Quand on pense au nombre
de fesses qu'il a, estimons-
nous chanceux que ce soit
juste de la morve.

Pattes!

Hé, Ti-Loup. Pour être franc, on espérait que la prochaine fois qu'on te verrait, ce serait pour **NOUS SAUVER**.

C'est vrai. On est contents de te voir, mais on est tous très déçus en même temps.

Ouais. Je ne sais pas quoi ajouter.

Ne vous inquiétez pas, les gars!
Vous oubliez quelque chose…

M. Serpent!

Essaies-tu d'être drôle?

Non! Je crois en lui comme je crois en **VOUS TOUS**!

Je trouve ça insultant, *hermano*.

Allons, les gars! Je parie qu'il a un plan pour nous sauver **EN CE MOMENT MÊME!**

JE VAIS VOUS MONTRER...

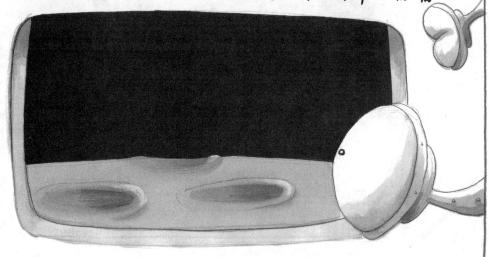

VOUS VOYEZ? IL S'EN VA. AU REVOIR, M. SERPENT!

NON!

Quelle surprise.

Oui, très étonnant.

Je ne peux pas croire
qu'il nous abandonne.

VRAIMENT, TU
NE PEUX PAS
LE CROIRE?

• Chapitre 6 •
LA FIN DE L'AVENTURE

Hé, Mains-fesses! Quand tu **PÈTES**, est-ce seulement d'un tentacule ou bien de tous ces trucs dégoûtants en même temps?

JE NE SUIS PAS CERTAIN, PETIT POISSON...

ALORS, ESSAYONS, VOIR!

Zut! J'ai parlé sans réfléchir…

Marmelade! Pourquoi as-tu fait semblant d'être un **COCHON D'INDE?** Quel était ton but?

PERSONNE NE REMARQUE VRAIMENT LES PETITS **COCHONS D'INDE.** ALORS, J'AI PU ÉTUDIER SOIGNEUSEMENT VOTRE PLANÈTE À L'INSU DE TOUS...

Et qu'as-tu appris?

À **PART** LE FAIT QUE LES **PIRANHAS** ET LES **REQUINS** N'ONT PAS BESOIN **D'ÊTRE** DANS L'EAU **AUTANT** QU'ON LE PENSE?

Ouais. À part ça…

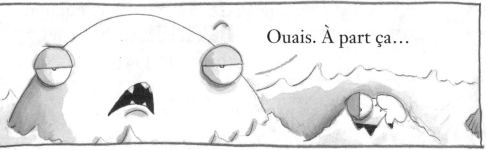

J'AI APPRIS QUE VOTRE PLANÈTE EST SANS DÉFENSE.

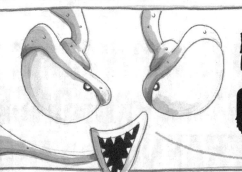

ET JE VAIS LA CONQUÉRIR.

Quel idiot je suis! Je croyais que tu faisais tout ça parce que tu n'aimais pas être **DOUX** et **MIGNON**.

Ce n'était pas un mensonge. Sur ma planète, **JE SUIS** doux et mignon. Et je **DÉTESTE** ça. Ne m'en parlez même pas!

Est-ce que ton nom est vraiment Marmelade?

TU N'ARRIVERAIS JAMAIS À PRONONCE MON VRAI NOM, LOU!

Je peux essayer.

MON NOM EST
KDJFLOERHGCOINWERUHCG
LEIRWFHEKLWJFHXALHW.

Ah, bon.
Si tu le
dis.

Que veux-tu faire de nous,
KDJFLOERHGCOINWERUHCG
LEIRWFHEKLWJFHXALHW?

Ouais, ouais. C'est très bien, KDJFmachintruc, et on a vu tes **ARMES** bizarres et sinistres. Mais tu sais quoi? Tu n'as aucune chance!

AH BON? ET POURQUOI?

Parce que tu es **TOUT SEUL** et que tu n'es pas de taille face à **L'AGENTE RENARDE ET LA LIGUE INTERNATIONALE DES HÉROS!**

HUM... CETTE RENARDE EST RUSÉE...

MAIS TU SAIS QUOI?

JE NE
SUIS PAS SEUL!
NOUS SOMMES
DES
MILLIERS...

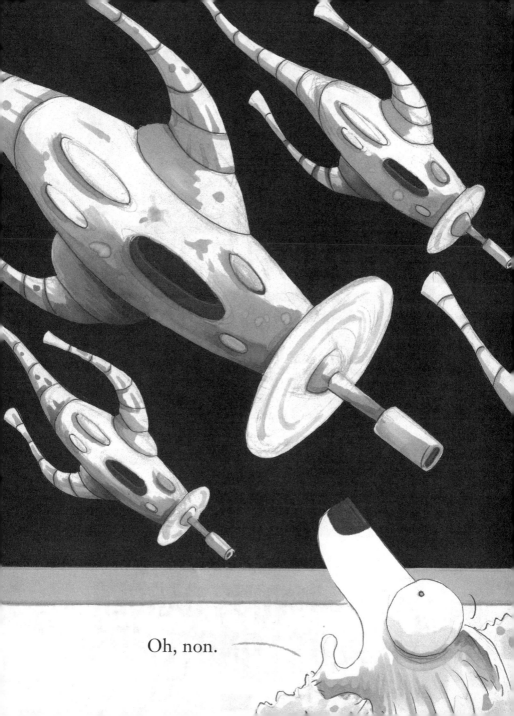

Oh, non.

VOTRE MONDE EST À NOUS!

ET JE N'AI PAS ENVIE DE VOUS GARDER PLUS LONGTEMPS.

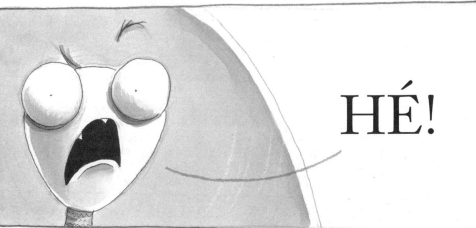

• Chapitre 7 •
ATTAQUE QUELQU'UN DE TA TAILLE!

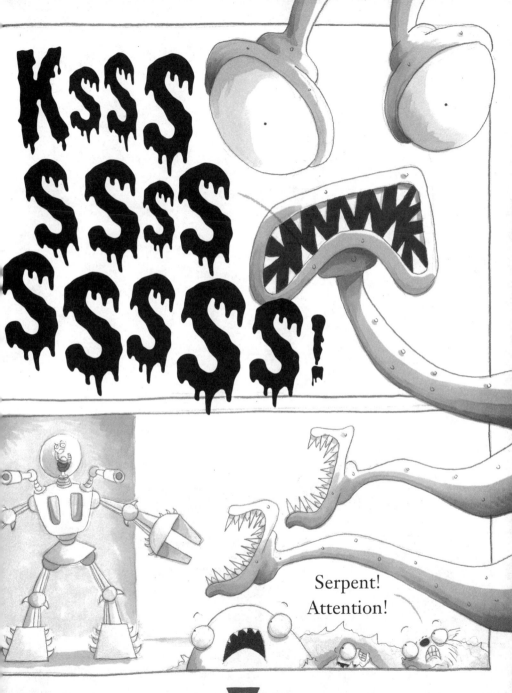

Il le bat avec ses propres fesses!

LES AMIS, ACCROCHEZ-VOUS!

DANGER!
PORTE
EXTÉRIEURE

CLONK!

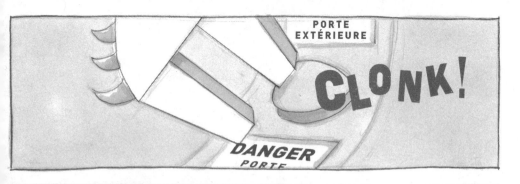

Tu as réussi, Serpent!

TU ES REVENU!

TU ES REVENU!

Qu'est-ce qui t'a fait changer d'avis?

Je crois que j'en avais
assez d'être un méchant.

Hé, *chicos*!
J'aimerais bien danser de joie,
moi aussi, mais

UNE ARMÉE D'EXTRATERRESTRES S'APPRÊTE À DÉTRUIRE LA TERRE!

Il faut rentrer prévenir
L'AGENTE RENARDE.

Tu as raison. Partons, les amis. La bonne nouvelle, c'est que cette armée n'a plus de **CHEF**, grâce à TOI, M. Serpent!

VOUMP!

C'est **KDJFLOER HGCOINWERU HCGLEIRWFHEK LWJFHXALHW!**

Comment est-ce possible?

MON ESPÈCE PEUT RETENIR SON SOUFFLE JUSQU'À **NEUF** SEMAINES DANS **L'ESPACE, S'IL** LE FAUT. ALORS, J'AI JUSTE **FLOTTÉ VERS** LA PORTE ARRIÈRE...

ET
MES **AMIS**
M'ONT **FAIT**
ENTRER.

Une minute!

Viens-tu de l'appeler
**KDJFLOER
HGCOINWERU
HCGLEIRWFHEK
LWJFHXALHW?!**

À L'ATTAQUE!

· Chapitre 8 ·
SAUVE QUI PEUT!

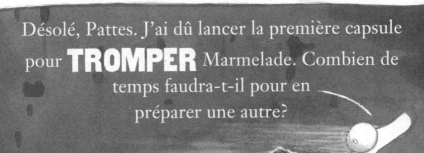

Désolé, Pattes. J'ai dû lancer la première capsule pour **TROMPER** Marmelade. Combien de temps faudra-t-il pour en préparer une autre?

Je vais me dépêcher, monsieur le Héros!

Serpent, je suis fier de toi! Mais *comment as-tu fait fonctionner cette arme?*

Je… me suis débrouillé.

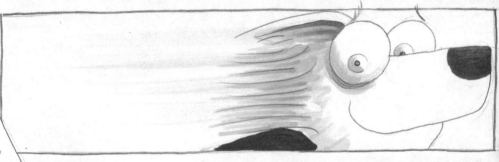

CLAC!

Oh, non, ils sont partout!

Attention!

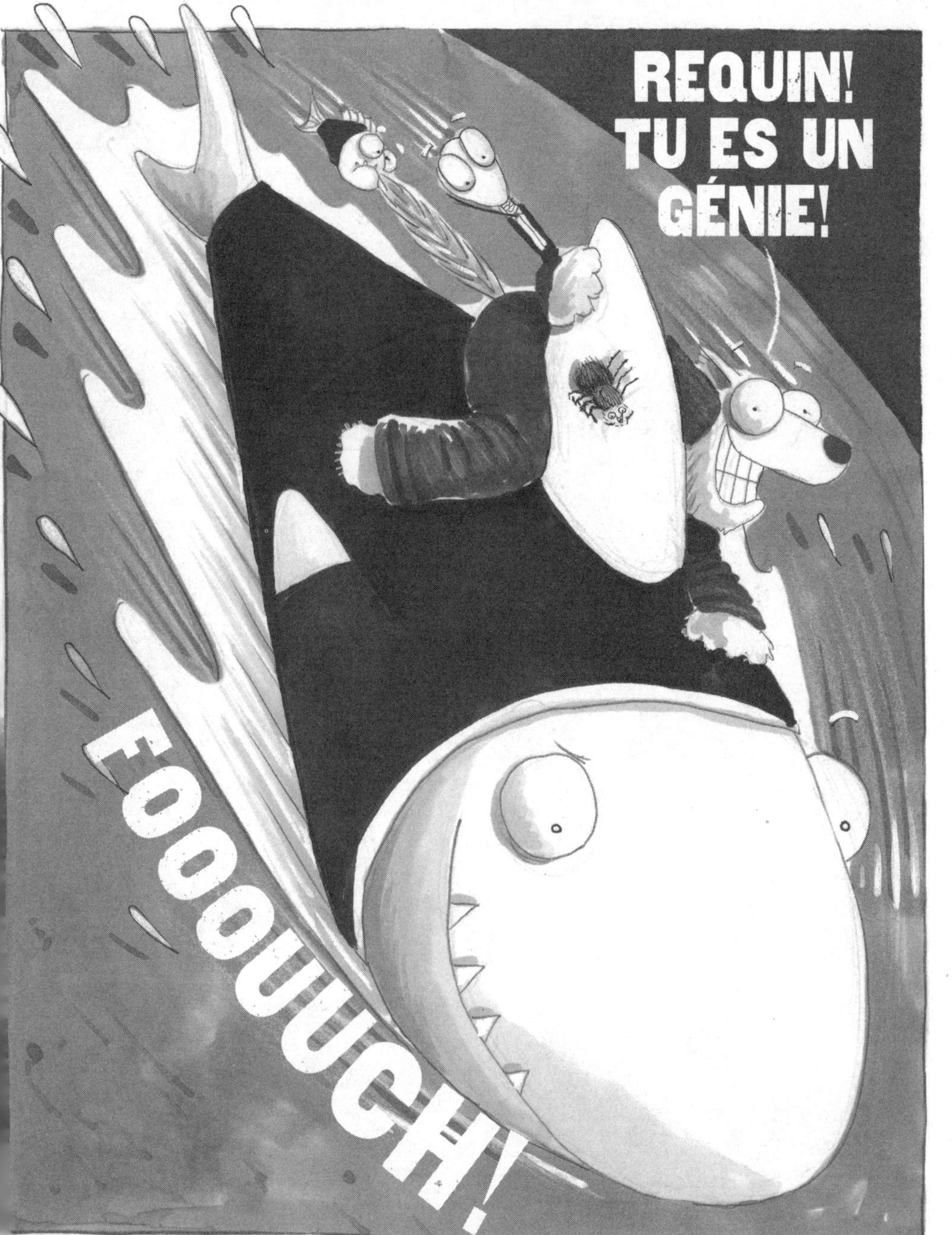
REQUIN! TU ES UN GÉNIE!
FOOOUUUCH!

Z I P !

Pattes, je ne veux pas te mettre de pression, mais...

Je m'en occupe!

Moi, je veux te mettre de la pression!

DÉPÊCHE-TOI, CHICO!

Je m'en occupe!

Montez à bord!

Hum...

QUOI, *hum?*

Il y a un réglage ici qui n'est pas clair... Je ne sais pas ce que ça veut dire.

ON S'EN FICHE DE CE QUE ÇA VEUT DIRE!

MONTE ET RENVOIE-NOUS SUR LA TERRE!

Bon... d'accord. Je suppose que ça va aller...

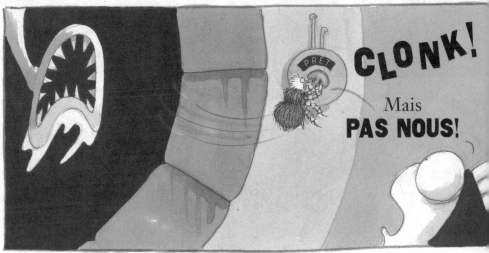

OH LÀ LÀ! C'EST RAPIDE!

TRÈS, **TRÈS** RAPIDE!

Je ne savais pas que c'était possible d'aller aussi vite.

C'EST IMPOSSIBLE SUR LA TERRE, EN TOUT CAS.

J'AI UN MAUVAIS PRESSENTIMENT...

• Chapitre 9 •
IL NE FAUT PAS JOUER AVEC LE...
OUPS, ÇA N'A PAS ENCORE ÉTÉ INVENTÉ...

ON EST ARRIVÉS!

ON EST REVENUS SUR TERRE!

Ahhhhh... oui. On est sur Terre...

mission accon
lieu : Terre

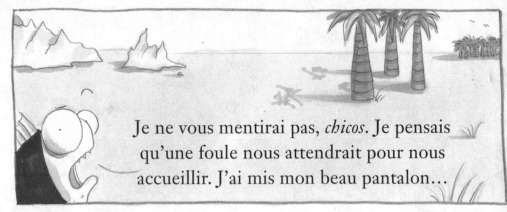

Je ne vous mentirai pas, *chicos*. Je pensais qu'une foule nous attendrait pour nous accueillir. J'ai mis mon beau pantalon...

C'est vrai. Et il faut avertir l'agente Renarde.

Où sont-ils donc tous passés?

On est peut-être juste **AU MAUVAIS ENDROIT.**

Aurait-on atterri dans un autre pays?

Heu, non. Autant que je
sache, on a atterri à
l'endroit prévu avec
L'AGENTE RENARDE.

Que se passe-t-il, Pattes?
On est **AU MILIEU
DE NULLE PART**.
Tu as dû mal régler ce truc.

Hum. Je voudrais pouvoir…

Du calme, les gars! On est chez
nous, c'est le principal! Mais
cette fois, c'est différent : on est
des **HÉROS!**

Ohhhhh. Être des héros n'est pas la seule chose qui est différente...

Que veux-tu dire, Pattes?

Vous vous souvenez du réglage qui me posait un problème? Eh bien... c'était la commande pour

un DIFFÉRENT TYPE DE VOYAGE...

Tu veux dire le truc qui nous a fait aller **SUPER VITE?**

Peut-être, mais ce n'est pas ce que je veux dire...

Crache le morceau, l'araignée! **OÙ SOMMES-NOUS?**

M. Serpent, la question n'est pas **« OÙ »** ...

mais « **QUAND** ».

Regardez!

Les gars, je pense qu'on a
VOYAGÉ DANS LE TEMPS!

année : 65 000 000 av. J.-

lieu : Terre

65 MILLIONS D'ANNÉES AVANT NOTRE ÈRE?! Tu n'es pas sérieux? **65 MILLIONS D'ANNÉES!** Mais c'est quand…

Quand quoi?

Juste ciel! Tu as raison! C'est quand il y avait…

C'est quand il y avait **QUOI?**

DES DINOS

À SUIVRE...